宇宙からのプレゼント

長坂澄恵
NAGASAKA SUMIE

幻冬舎MC

宇宙からのプレゼント

目次

第3章　チャレンジと波乱の日々

第4章 家族や友人たちとの関係

第5章 病気を克服して生きる

第1章

北の大地でさまよう女の子

北海道生まれの健康優良児

私は、1957年12月2日、北海道上川町で国家公務員の父・清と専業主婦の母・しな子の間に生まれました。冬の寒い日の午前中、健康優良児として約3200グラムで誕生しました。父は「澄んだ心で多くの人々を愛し、愛されるように」との願いを込めて「澄惠」と名付けました。母乳をたっぷり飲み、母は「石のように重かった」と笑いながら話していました。2歳上の姉は器用で神経質な性格で、私とは対照的でした。
私が4歳の12月21日、双子の弟と妹が生まれました。母のお腹が大きかったことを覚えています。祖母と一緒に冬道を歩いて病院まで行った記憶があります。私たち家族はその後、幾度かの転勤を経て、多くの場所で新しい生活を始めることになりました。

私の幼少期は、おばあちゃんの存在なくしては語れません。半年に一度、田舎から我が家に来てくれるおばあちゃんの訪問を、心待ちにしていました。その3日間の滞在は、私にとって至福の時間でした。特に就寝前のひと時、おばあちゃんが語ってくれる昔話に耳を傾けるのが何よりの楽しみでした。しかし、別れの時は常に涙の嵐でした。ある日、おばあちゃんは私に泣かれると辛いので、早朝にこっそりと帰ろうとしました。しかし、慌てていたせいか、バスに乗ってから入れ歯を忘れたことに気がついたそうです。この

「入れ歯忘れ事件」は、おばあちゃんの優しさと、私との強い絆を象徴する微笑ましいエピソードとなりました。

その祖母が亡くなる3日前に母が入院中だったので、澄恵たいへんでしょうネ、手伝いに行くからネ、との手紙をもらっていました。身体がきっと辛かったと思いますが、来てくれる予定だったそうです。おばあちゃんとの思い出は、温かさと愛情に満ちた私の幼少期を鮮やかに彩っています。

転校で苦労した小学生時代

入学した小学校は、朝日町の糸魚《いとい》小学校です。山の上にある小学校で、赤いランドセルをしょって毎日坂を上って学校に行きました。冬は吹雪で学校が休みになりますが、学校の前に旗が立つと、町じゅうの人がわかるという学校です。スキー学習の時は、学校の隣がスキー場でしたので、帰りはスキーに乗って家まで帰ってきました。

小学校3年生の時、音楽と体育の授業だけは一生懸命頑張っていました。音楽の先生は変わった人で、いつも私の顔を舐めるような仕草をしてきました。それがとても気持ち悪くて、今なら大きな問題になっていたでしょう。

でも、当時は親にも友達にも言えず、ただ我慢していました。

小学5年生になった4月に南富良野町幾寅《いくとら》へ引っ越し、転校しました。転校は物心ついてからは初めてのことでしたので、幼馴染との別れは悲しかったけれど、ワクワクする気持ちもありました。でも転校先では、クラスメートからいじめを受けました。転校して一週間が過ぎた頃から、クラスの女子や男子が私をいじめ始めました。顔を合わせると無視され、机に相合傘を書かれ、その傘の下に私の名前と隣の席の男子の名前を落書きされるなど、辛い日々が続きました。隣の席の男子と仲良くなったことが原因だったようです。

ある日、ドッジボールに誘われて参加しましたが、全員で私にボールをぶつけてきました。その時、「もうあなた達は友達ではない」と宣言し、走りました。その後、いじめはなくなりました。

しばらく過ごしているうちに学校生活にも徐々に慣れ、成績も上がり始めました。5年生から鼓笛隊に参加し、アコーディオンを希望しましたが、小柄だったので笛を担当しました。先頭に立つことでやる気が出て、練習に励みました。鼓笛隊の演奏が成功した時は、とても嬉しかったです。

楽しかった中学生時代

幾寅中学校に進学し、金山や落合からの生徒と一緒になりました。英語の授業が始まり、新しいもの好きの私は英語が得意になりました。スポーツはテニスを始め、熱心な先生と毎日練習しました。当時は運動中は水を飲めない時代でしたが、日焼けしてまっ黒になりながら、一生懸命に取り組みました。

中学3年の夏休み、再び転校することになりました。今度は名寄から汽車で40分くらいの下川町一ノ橋へ。転校先の官舎は非常に狭く、家族6人での生活は窮屈でした。4畳半の部屋に2段ベッドを置き、妹と私が下段に、姉が上段に寝ていました。弟は押し入れに寝るなど、狭いながらも工夫して生活していました。

一ノ橋は非常に小さな町で、チロリン村のような雰囲気でした。小さな雑貨屋さんや床屋さん、診療所、小さな駅しかありませんでした。中学生になった私にとって、中学2年の同級生たちが幼馴染のように仲が良く、男子も女子も「ちゃん」付けで呼び合うことにも驚きました。

それでも愛情溢れる同級生たちと気が合い、楽しい中学生生活を送りました。クラブ活動ではテニス部がなく、野球部とバレー部のみでしたが、みんなで仲良く楽しんでいました。テニスで全道大会に出場した経験を持つ私は、マラソン大会でいつも一位を取りました。

高校生活はクラブ活動に熱中

高校受験のシーズンが近づき、母の「私立高校はダメ、もし落ちたら紡績工場で働きなさい」という言葉で嫌いな勉強にスイッチが入りました。人生で一番勉強した時期でした。

名寄高校はレベルが高くて難しいと感じたため、下川商業高校を志望して勉強しました。競争率は0・9倍で、ほぼ全員が合格する状態でしたが、心配性の私は一生懸命勉強しました。英語と歴史（特に安土桃山時代）や生物が好きで、数学が苦手でしたが、努力の結果、無事に合格しました。スキージャンプの伊藤有希選手が卒業した学校です。楽しい高校生活がスタートしました。

高校では、男子の先輩が私たち同じ中学出身の友人6人を見て「今年は不作の年だ」と話していましたが、楽しい汽車通学で私は真っ黒な顔で痩せていたため「ドクロ」、友人は少しサル顔だったので「ゴリラ」と呼び合い、列車のお客様を驚かせていました。

クラブ活動も盛んでした。クラブ活動は中学時代のテニスではなく、日焼けをしないバドミントンにしました。バドミントンを少し甘く考えていましたが、結構ハードなスポーツで、先輩たちに可愛がられ、楽しく過ごしていました。帰りの汽車が17時で、帰り道にあるパン屋さんで友人とパンを食べて帰るのが楽しみでした。

学校祭では「神田川」という劇のヒロインに推薦され、初めてのお芝居を経験しました。

楽しい高校生活でしたが、突然胸が痛くなり病院に行ってレントゲンをとっても異常ないと……そして思春期にある胸がキューとなる痛みではと言われて、病院から帰って心配していた家族に報告すると、皆に大笑いされ、澄恵は心配性だからと……。でも痛いし……。一週間たっても痛みは回復せず、もう一度病院に行ってみると札幌から先生がいらしていて私のレントゲン写真を見て肺が小さくなっているヨと……病名は〝自然気胸〟……普通は安静にしていると回復できるそうですが、手遅れで肺の横にホースを入れて肺を小さくしている空気を抜く事になりました。それ以降も、右胸、左胸と何度も繰り返し、すぐ安静にしていました（何故か第一子を出産してから自然気胸はなくなりました）。

そして高校2年の夏休みに、また転校することに……。いつも一緒に遊んでいた友人の父親ほとんどが父と同じ職場だったので、皆とお別れ会として近くの興部《おこっぺ》の海に行き、列車の中で皆と号泣して海で遊びました。当時の雑誌のアイドルの水着の写真をマネて皆でキャーキャー言いながら写真を撮り合いました。

移転先は海のある羽幌《はぼろ》町でした。羽幌には普通科の高校しかなく、私は苫前商業高校へ編入試験を受けて入りました。

高校2年の秋、転校してすぐに修学旅行で京都、奈良、東京に行きました。東京では、初対面の先輩たちが3人出迎えてくれました。先輩たちはとてもおしゃれで、田舎出身なのに都会人のように見えました。彼らは私に生まれて初めての美味しい鰻をご馳走してくれました。鰻の味は忘れられないほど美味しく、都会の味を初めて知りました。そして、アメ横での買い物では、可愛い時計を買いました。その時計は安くて素敵なデザインで、今でも大切にしています。

先輩たちは見送りにも来てくれました。その中で唯一の女性の先輩のヒップが良いと、男子たちが騒いでいたのを覚えています。帰りは初めての寝台電車で、ワクワクしながら過ごしました。北海道に戻ると、地元深川で有名な「ウロコ団子」をお土産に買おうと思いましたが、私は天然な性格で「イカ団子ください」と言ってしまい、みんなが大笑いしました。

これらの経験は、私の人生の中で鮮明に覚えている思い出です。田舎から都会へ行き、初めての体験や出会いを通じて多くのことを学びました。特に、音楽と体育の授業では、自分の好きなことに打ち込む喜びを学びました。そして、人との関わりや楽しい思い出が、私の人生を豊かにしてくれたのだと今は感じています。

転校後はクラブには入らず、帰宅部でしたが、当時、甘いクッキーが好きで、丸い顔とほっこりしたお腹で、友人と楽しく過ごしていました。

第2章

社会人として主婦として

就職と結婚

高校の卒業が近くなり、就職活動を始めました。英語の先生でロンドン帰りのあだ名「ロンドン」が、大学の友人がデパートの長崎屋の地下のお菓子屋さんのオーナーの息子だから頼んであげると言ってくれました。長崎屋から求人が来て、面接で旭川店長に気に入られ、紳士服売場に配属されました。まず店長に、自分に似合って動きやすいスラックスを選ぶよう指示されました。当時新入社員だった私は、主任と一緒に選びましたが、店長がはいてくれたのを見るのは一回きりでした。とても動きやすいスラックスだったので、もしかしたらご自宅用にはかれていたのかもしれません。

当時は女子社員が多く、結婚適齢期を過ぎると「売れ残りのクリスマスケーキ」と言われていました。よく先輩からいじめられ、トイレやバックで泣いていましたが、男性社員は励ましてくれました。定休日前になると旭川の3・6街に生ビールを飲みに連れて行ってくれました。

その頃はバブル真っ盛りで、6店舗合同のお祭りがありました。私は店長や男性社員の投票でミス長崎屋に選ばれ、お祭りでは男性社員が押す荷車のてっぺんに上って太鼓を叩きました。女子社員は旭川音頭を踊りました。また、北海道のお店が小樽店、帯広店、釧路店、函館店、旭川店と共同で札幌のアイスアリーナで大運動会をしました。帰りのバスの中では皆でどんちゃん騒ぎをして帰り、バス会社から翌日苦情がきました。

温泉地の社員旅行もあり、夜はゲームやカラオケを楽しみました。当時、ディスコが盛んで、私は休日前にはディスコに通い、歌ったり踊ったりの楽しい日々でしたが、気の合わない同僚との日々や雇われる空しさを考えて退職を決断しました。５年勤めると年金も少し増えると聞いていましたが、４年で辞めて結婚退職をすることにしました。

22歳の時でした。

新婚旅行はハワイに行きました。ハワイではうっかり日焼けをしてしまい、身体中がやけどのようになりヒリヒリして動くのも辛くなり、その後全身の皮膚がむけてしまいましたが、日中の寒暖差も少なく過ごしやすい気候で、今でも大好きな所です。

私の父は、とっても器用で手作りのブランコをつくってくれたり、子どもの時からリンゴの皮むきは、それは見事で一度も切れる事なく最後まで皮をむくのです。父の包丁さばきを見るのが好きでした。

夏は野菜を育てたり、畑には草一本もなく冬はきれいに除雪してくれたりと働き者で、そして金銭感覚のしっかりした真面目な父。そんな父を母は家計簿をつけて支えていました。何故か男の方は、皆父のようになっていくと勘違いしていたのでしょうか、私の結婚相手は真逆の方だったのです。

息子のお嫁ちゃんに何故お父さんと結婚したの?と聞かれた時、考えが甘かったと……。お嫁ちゃんは、子どもの頃両親が離婚してお母さんの苦労を見て育っているので男を見る目は厳しいのって言っていました。我が家の三人息子の中では一番私を泣かせることなく育った男を選んだ目は確かかも?!しれません。

結婚生活と育児

新婚生活は古いアパートから始まりました。

次の年、出産予定日は8月5日でしたが、7月31日は旭川の石狩川河畔で花火大会があり、会場となる旭橋の近くにお世話になっていた産院がありました。いわゆる逆子だったので帝王切開で出産し、男の子が生まれました。息子の誕生を花火でお祝いしてくれているようでした。3ヶ月間の育児は睡眠不足でしたが、楽しいものでした。4ヶ月で公園デビューし、ご近所さんとも仲良くなりました。息子が幼稚園に入ると、私は大好きなパッチワークを始めました。ガレージ製造会社でのパートタイムの仕事をしながら、子育て家事の両立に努め、忙しい日々を過ごしていました。

しかし、泥棒事件が起きてパートを辞めることになりました。古いアパートで、トイレの窓の下に子どもの自転車を置いていたので、その上に乗ったようです。窓にカギはかかっていましたが、手で引くとスポッとはずれるので、そこから家の中に侵入、主人のスーツのポケットから1万円を盗んでいました。最初どこから侵入しているのか分からなくて、不安な日々を過ごしました。

子どもが小学校に通い始めると、日中はパッチワークを習ったり、仲間とお茶をして過ごしました。

また、私は臆病な性格で車の免許を持っていませんでしたが、義理の父母が免許取得の費用と新車（軽自動車）を提供してくれると言ってくれました。それでも最初は断っていましたが、義母が「将来病気になった時に連れて行ってほしい」と言われたため、頑張って免許を取りに行きました。仮免許は3回目で合格し、本免許も3回目でようやく取得となり大変でした。今も運転は苦手で緊張もあります。

パッチワークとの出会い

免許を取ったので黄色の軽自動車を購入してもらい、快適な生活が始まりました。その後、夫が札幌の化粧品メーカーで働くことになり、私たちは札幌の新築マンションの1階に引っ越しました。高校時代の友人が2階に住んでおり、近くのコンビニを経営する友達夫婦ともよく一緒に食事をしたり、クリスマスパーティーを楽しんだりしました。

息子の友人のお母様とも親しくなり、私は彼女にピアノを教えてもらう代わりにパッチワークを教えました。彼女と私は趣味がとても似ていて、テレビの『大草原の小さな家』の話で盛り上がりながら、パッチワークに取り組みました。さらに、学校の役員で知り合った8人のお母様たちも私のパッチワークが好きで、教えてほしいというリクエストに答えて週一回のレッスンを始めました。報酬として1回500円をいただきましたが、それ以上に楽しい時間を過ごしました。

私がパッチワークに興味を持ったのは、非常に不器用だった幼少期の反動でした。2才違いの姉のやる事をいつもマネをしていて、姉のようにはできないのがはがゆくて……。母も澄惠は不器用だね、と言っていたので、家庭科の授業のエプロンとかパジャマは全て母に作ってもらっていました。旭川に住んでいた頃、子どもが通うカトリック系の幼稚園では、スモックやバッグを手作りすることが求められましたので、子どものスモックやバッグも作ってと母に言ったところ、もう母親なんだから自分で作りなさいと言われて、自分で作ることに挑戦しました。布屋さんですべて教えてもらいながら、初めての作品を作り上げた時の達成感は忘れられません。

その後、私は「私の部屋」や「私のカントリー」といった雑誌に憧れ、パッチワークに挑戦するようになりました。

最初は不器用だという思い込みがありましたが、旭川のマルカツデパートで見た素敵なタペストリーに触発されて、パッチワークスクールに入ったのです。新しい生徒3人で始めたクラスには、着物仕立ての名人や手芸の催しに出品するセンス抜群の方がいました。私は色合わせが得意でしたが、布をうまく収めることが難しく、苦労しました。しかし、クリスマスキルトに囲まれた生活に憧れ、季節を問わず作品作りに励み、作品を銀行に展示してもらったのがきっかけで、「キルトカントリー」というパッチワーク教室を自宅で開きました。

生徒さんとの作品展では、たくましく育ってほしいと願いを込めて作った長男のベッドカバー作品「海の嵐」を展示し、『コットン・タイム』という雑誌に写真を送ったら取材に来てくださり、私の作品が雑誌に載りました。「作品が好き」とファンレターが届いて、不器用だった自分に少し自信が持てるようになりました。

父の闘病と別れ

長男の運動会には、単身赴任中の夫に代わって父と母が旭川から来てくれました。その時、父の体調に異変を感じました。背中から右脇腹をさすっている姿に不安を覚えました。その後、父は病院で膵臓がんと大腸がんが発見されました。余命3ヶ月という診断に家族全員がショックを受けましたが、父には真実を告げることができませんでした。

手術を受けましたが、既に手遅れでした。それでも父は治ると信じ、病院内を車椅子で移動しながらリハビリに励んでいました。私は札幌から毎週末に看病に行きましたが、父の体調は日に日に悪化しました。最終的に、父は家族に見守られながら、静かに天国へ旅立っていきました。お葬式も無事に終わり、父が建てた観音霊園の墓地で父を偲びながら過ごすことができました。

ただ、父の死後、母は毎日のように後悔の念に駆られていました。私は母に断捨離を提案し、心からスッキリできると勧めました。母は素直に受け入れ、父の愛用品を双子の弟にあげるなど、整理を進めていきました。

父が亡くなり、私たち家族の生活にも変化が訪れました。母は毎月の月命日に子どもたちを呼び集め、それぞれがお供えを持って仏壇に備え、一緒に夕飯を食べながら父の思い出話に花を咲かせました。私も我が家に父の写真とお水、そして父が生前大好きだったかりんとうを供えて毎日欠かさずお参りをしています。

そんな中、私たち家族は再び旭川へ戻ることになりました。高校時代の友人家族、そしてパッチワークの生徒さん達がお別れ会を開いてくれました。私が旭川へ戻った後も、パッチワークを皆で楽しむと話していました。

景色が良く、日々の運動にもなるという4階建てのマンションに引っ越しました。エレベーターはなく階段のみでしたが、隣にはショッピングモールがあり、便利な立地でした。

新しい生活と子どもたちの成長

この頃、なかなか次の子どもに恵まれずにいた私たちは、ボーイスカウトに誘われ入団することになりました。私たち夫婦はデンリーダーとして活動を応援し、護国神社の12団で社務所に集まっては炊事やキャンプの相談をしました。特に印象に残っているのは、護国神社の慰霊祭で「同期の桜」を子供達が踊った時のことです。戦争で息子さんを亡くされた方々が涙を流して拍手してくださった光景は、今でも鮮明に覚えています。

そんな充実した日々を送る中、待望の第二子を妊娠しました。第一子の時、私がRh(－)のA型なのでRh因子の問題で抗体ができないよう注射をしていたおかげで、今回は安心して出産に臨むことができました。1月30日、予定日より20日早く陣痛が起こり、可愛らしいアイドル系の男の子が誕生しました。この子は、夜はぐっすり眠ってくれる育てやすい子で、買い物に連れて行くとたちまち人気者になりました。

そして驚くことに、今度は年子で再び妊娠しました。8月27日に三男が誕生し、これもまた驚くほど安産でした。毎日の4階の上り下りが良かったのかもしれません。

子どもたちの成長とともに、私たちは新たな夢を追いかけることにしました。三男が2歳の時、4階の階段の上り下りが辛くなり1階に住みたくなったので、思い切ってマイホームを建てることを決意しました。予算ギリギリではありましたが、カントリー風の家を建て、2階の窓にはドーマを設け、吹き抜けの居間の天井には大きなプロペラを取り付けました。外装はペパーミントグリーンで統一し、内装も細部にこだわりました。キッチンは大工さんの手作りで、アンティークの金色の蛇口を付けるなど、夢に描いていた家、カントリーハウスが現実のものとなりました。

家庭の危機と新たな挑戦

しかし、幸せな日々の中にも影が忍び寄っていました。夫が会社で営業成績No.1になりたいという強い思いから、借金を重ねるようになったのです。

それまでも結婚した頃は、車のメーカー→薬のメーカー→薬のメーカー→化粧品メーカーと、4か所勤務先を変え、そのたびに不安に、そして今度は多額の借金も。当時のサラ金の金利は高く、返済に苦しむ人が多い時代です。

「返済されていない」と我が家に電話がきて分かりました。

夫に聞くと、仕事でどうしても必要だったと。お金を借りてギャンブルで返済と思った……けれどますます借金が増えていったそうです。会社も夫の行動を不審に思い、ついには家宅捜索が入るという事態にまで発展してしまいました。私達の貯金では返済できず、義父、義母に助けてもらいました。その頃から、夫に対していろいろな面で不信感を抱くようになっていきました。

そんな苦しい状況の中、思わぬところから希望の光が差し込みました。妹がネットワークビジネスを紹介してくれたのです。最初は半信半疑でしたが、製品の質の高さや地球環境への配慮、そして努力が正当に報われるシステムに魅力を感じました。世界各地に広がっていて90年もの歴史を持つ会社の理念や自然との共生をはかる製品作りの姿勢に、私たち家族の新たな可能性を見出したのです。

ネットワークビジネスについて理解を深めるにつれ、それが怪しい仕事ではないことが分かりました。しかし、自分にはその仕事は向いていないと感じ、製品は、使ってみるととても良く愛用品になったので、もっぱら消費者として関わることにしました。夫との関係が続く限り、3人の男の子を育てる母として、またもともと体が弱かったこともあり、パートタイムの仕事では十分ではないと感じていました。せめて家のローンを返済できるだけの収入が欲しいと思い、製品が好きだった事もあり労働収入以外の収入の可能性を探るためにセミナーに参加し、ネットワークビジネスを学び始めました。

そこで知ったことは、このビジネスに関わっている方々が皆さん明るく、オシャレな方が多く、人生楽しんでいて、たくさんの仲間に囲まれてキラキラしていることです。会社では、様々な社会貢献活動をしたり、自然環境の保全や修復、生息環境を含めた野生生物の保護のための助成等々、そして地球環境を配慮した洗剤は人にも優しく、アトピーのある方に教えてあげたら愛用されて喜んでもらったり、と少しずつ学んでいきました。自分でも体感し、理解が深まってきて、会社も製品も大好きになり、人生の不安から少しずつ、10年後、20年後の未来を考えたり、夢ノートを作成したりしてワクワクしました。

長男の苦悩と奮闘

子どもたちは順調に成長していきましたが、同時に新たな課題も生まれました。特に長男は優しくナイーブな性格で、転居に伴い入学を予定していた近文中学校から永山南中学校へ転校することになりました。

長男は中学1年生までは楽しく学校生活を送っていましたが、2年生でのクラス替えをきっかけに友人関係がうまくゆかなくなり、不登校になってしまいました。長男は後にこの時期を「袋病」と表現しています。当時の私は長男の気持ちを十分に理解できず、将来を心配するあまり長男に辛い思いをさせてしまったと思います。今なら「ごめんね」と素直に謝ることができます。

中学時代にほとんど登校できなかった長男でしたが、高校は唯一小学生の時の親友が通う旭大高校のみを受験しました。しかし、高校2年生まではやはり登校が難しく、3年生になってようやく学校に通い始めました。そんな中、先生から「一度でも休むと卒業できない」と言われました。

卒業できないと言われ、長男はようやく重い腰を上げました。不思議なことに、バスに乗るのが嫌で、真冬の雪の中でも凍えそうになりながら自転車で通学していました。学校では自転車通学が禁止されていたため、私の母の家の物置に自転車を置いて登校していたのです。長男の不登校が続いていたことがずっとストレスだったので、毎日登校するようになったことに安堵しました。

一日も休まず通学を続けた長男は、無事に高校を卒業しました。お寿司が好きだったこともあり、卒業後は寿司職人になりたいと寿司チェーン店に就職し、遠軽《えんがる》に1ヶ月の修業に行きました。男性6人での共同生活。彼を送っていった時の不安そうな表情は今でも鮮明に覚えています。

週に2回の休みには旭川に帰ってきていましたが、辛そうな様子でも頑張っている姿が印象的でした。修業生活を終えた後、旭川の旭神町にある寿司チェーン店で働き始めました。注文を受けてその場で握ってくれる美味しいお寿司屋さんでした。

勤め始めて2年が経つ頃には、朝のネタの仕入れも任されるようになりました。正社員は3人だけで、アルバイトが多かったため、誰かが休むと代わりに働かなければならず、寝不足の日々が続きました。そんな中、同僚が仕事帰りに居眠り運転で事故を起こしたと聞き、長男は仕事を辞める決心をしました。

長男の成長と奮闘を見守りながら、私は親として様々な感情を経験しました。不安や心配はありましたが、彼の決断を尊重し、支えることの大切さを学びました。この経験は、長男だけでなく、私自身も成長させてくれたのだと実感しています。

大切な3人の息子たち

長男から10歳、12歳離れた次男、三男もすくすくと育ち、長男の頃は初めての経験ばかりで余裕がなく早く大きくなって欲しいと願った一方、三男の頃には育児に余裕ができ、この可愛い時期の儚さを実感しました。さらに三男が兄たちを観察して賢く振る舞う姿に心がキュンとする日々を過ごす中で、子育ての喜びや難しさ、そして各々の子どもの個性や成長のペースの違いを経験しながら、親としても成長し、年の差のある3人の息子たちがそれぞれに特別な存在として家族の絆を深めてくれました。子育ては常に学びの連続であり、各々の子どもとの時間を大切にすることの重要性を再認識しました。

我が家の3人の息子たちは、それぞれ個性豊かな趣味を持っていました。長男は典型的なファミコン世代で、「マリオ」や「ドンキーコング」といったテレビゲームに夢中でした。その熱中ぶりは、時に私を驚かせるほどでした。映画の趣味も独特で、『エヴァンゲリオン』を特に好んでいました。一緒に観に行こうと私を誘ってくれましたが、その複雑な世界観は私には理解が難しく、途中で居眠りをしてしまい叱られた思い出があります。この経験は、世代間のギャップを感じさせると同時に、息子の興味の深さを示すものでもありました。

長男の習い事も、私の願望が強く反映されていました。水泳はオリンピックで活躍していた鈴木大地選手への憧れから始めさせ、ピアノはリチャード・クレイダーマンのような演奏者になることを夢見てレッスンを受けさせました。今思えば、これらは親の願望を押し付けていたようで苦笑してしまいます。しかし、こうした経験を通じて、長男は自分の興味と親の期待のバランスを取ることを学んでいったのかもしれません。

一方、次男は小学6年生の頃、カードゲームに熱中するあまり勉強をおろそかにしていました。その没頭ぶりは、時に家族の心配の種となりました。しかし、この熱中ぶりは、後に彼の集中力や戦略的思考力の基礎となった可能性もあります。3人の息子たちの趣味の違いは、それぞれの個性の表れであり、私たち親にとっては子育ての難しさと面白さを同時に味わわせるものでした。


この頃、夫は相変わらず単身赴任で家を留守にすることが多く、私は母親と父親の両方の役割を担わざるを得ませんでした。子どもたちを叱る時は厳しく、良いことをした時は精一杯愛情を示すよう心がけていましたが、時にその境界線を見失うこともありました。

特に印象に残っているのは、次男のカードゲームを捨てた日のことです。

彼の勉強をおろそかにする態度に我慢できなくなり、ついにカードゲームのケースごと川に捨てるという極端な処置を取りました。三男は「本当にやるの?」と心配そうに車に同乗してきましたが、実際に捨てるのを目撃してショックを受けていました。この行動は、私の焦りと無力感の表れだったのかもしれません。

家に戻ると、次男は既に帰宅していました。三男から事の顚末を聞いた次男は、呆然としていたそうです。泣くこともなく、私はこの子の諦めの早さに驚きました。しかし、この反応の裏には、深い悲しみや失望が隠されていたのではないかと、今になって思います。

時が経ち、今になって振り返ると、子どもたちの大切なものを捨ててしまったことは明らかに行き過ぎた行動だったと深く反省しています。当時の私は「鬼母」と呼ばれても仕方がなかったかもしれません。しかし、この厳しい経験を通じて、子育ての難しさと、子どもたちの個性や興味を尊重することの大切さを身を以て学びました。

この出来事は、私たち家族にとって大きな転換点となりました。厳しさと愛情のバランスを取ることの重要性、そして子どもたちの興味や思いに真摯に耳を傾けることの大切さを、痛感しました。また、親の思いと子どもの個性の間にある溝を埋めていく努力の必要性も認識しました。結果として、この経験は家族の絆を深め、お互いの理解を深める契機となりました。子どもたちも、自分の行動が家族に与える影響を考えるようになり、より責任感のある態度を身につけていったように思います。

私自身も、この経験を通じて成長しました。感情的な対応ではなく、冷静に状況を判断し、子どもたちとコミュニケーションを取ることの重要性を学びました。そして何より、子育ては完璧を求めるものではなく、失敗を恐れずに学び続けるプロセスが大切であることを理解しました。この経験は、私たち家族にとって貴重な教訓となり、その後の家族関係をより強固なものにする基盤となったのです。

三男は3歳頃から驚くべき才能を見せ始めました。紙があれば、それが何であれ、全面に細かい迷路を描き続けるのです。特に大きなカレンダーの裏紙を見つけると、テンションが上がり、目を輝かせて何時間も没頭して迷路を描き続けました。その集中力と創造性は、周囲を驚かせるほどでした。複雑で精密な迷路は、まるで小さな天才の作品のようでした。しかし、この特異な才能は一時的なものだったようで、成長とともに薄れていきました。今では当時のように迷路を描くことはできないようですが、幼少期のこの独特な趣味は、三男の個性豊かな一面を象徴する思い出となっています。

長男の仕事と成長

先般、長男が配達会社のトラック運転手として就職しました。私の血を受け継いだ方向音痴な息子が、この仕事を選んだことに驚きましたが、彼の決断を尊重しました。案の定、方向音痴は予想以上に大変だったようで、時間指定通りに配達できないなど、毎日がハラハラドキドキの連続だったそうです。長男は今でも、トラックの中で焦る夢を見るほどです。

大型トラックは視界が悪いので、特に夏休みには住宅地での配達時に子どもや自転車との接触事故が心配でした。冬は道路のスリップ事故や吹雪によるスノーアウト、夏から秋にかけては霧による視界不良など、季節ごとに様々な危険が潜んでいます。心配性の私にとって、息子の安全は常に気がかりでした。

勤務して1年半が経った頃、長男は不注意から同僚の車に傷をつけてしまい、運転手の職を外されました。物販部門に異動しましたが、職場に馴染めず退職することになりました。しかし、配達先で知り合ったブティックの社長さんから誘いを受け、現在はそこで働いています。今ではネット販売も手がけ、楽天でも売上トップクラスの店舗に成長しました。

第3章

チャレンジと波乱の日々

ネットワークビジネスでの挫折と新たな仕事

私もその頃、ネットワークビジネスの可能性を理解し始め、自宅で製品を紹介しながら周囲に伝えていきました。初めは好反応を得て、自信を持ちましたが、経験不足から大きな失敗をしてしまいます。生活クラブに入っている方々を招待した際、扱った合成洗剤に対する批判を受け、言葉を失ってしまいました。初めて人から否定されたことに大きなショックを受け、一時はネットワークビジネスをやめようとまで考えました。

そして、子育ての合間を縫って、新しくオープンするトイザらスで働くことになりました。商品のディスプレイから始まり、毎日が新鮮で楽しい経験の連続でした。若くてイケメンの同僚たちに囲まれ、ワクワクしながら仕事に励みました。

トイザらス内のラッピング専門店でも働くことになり、さらに充実した日々を過ごしました。たまごっちやファミコン、トイストーリーなど、人気商品の販売に携わり、店舗の全盛期を肌で感じることができました。

しかし、子育てとの両立の難しさから、最終的には退職することになりました。特に次男が寂しがり、頻繁に職場に電話をかけてくるようになったことが大きな理由でした。

次男の小学校入学を機に今度は、学校に近いセブン－イレブンでパートとして働くことを決意しました。子育てと仕事のバランスを取りながら、新たな人生の章を歩み始めることになりました。

セブン－イレブンで朝8時から13時までパートとして働き、週に2回の休みをいただいていました。仕事の合間を縫って、当時人気だったエグザスというスポーツジムに通っていました。

この頃、長男が反抗期を迎え、叱ると「何ー」と向かってくるようになりました。私が手を出すと、既に背が伸びて力も強くなった長男に恐れを感じてしまい、それが悔しくてなりませんでした。

映画『ターミネーター』に登場するサラ・コナーのように強くなりたいと思い、ジムでの筋トレや自宅での早朝トレーニングに励みました。しかし、後に遺伝子検査で分かったことですが、私の体質は筋肉がつきにくく、幾らトレーニングしてもサラ・コナーのような筋肉質にはなれませんでした。それでも、今でも筋トレとボディメンテナンスは日課としています。

当時は夫が単身赴任中だったため、子どもたちを叱る役目は私が担っていました。長男との経験で鍛えられたせいか、次男と三男の反抗期は比較的穏やかに過ぎていきました。

我が家で一番の季節の行事はクリスマスです。手作りのキルトで家中を飾り、ケーキと料理でパーティーを楽しみました。

コンビニでの仕事では、クリスマスケーキの予約ノルマがありました。負けず嫌いの私は、トップになりたいと思い、家を建ててくれた社長に電話をかけ、大量注文をいただきました。友人や家族にも協力してもらい、見事トップの座を獲得しました。

しかし、配達は自分で行わなければならず、それも時給なしです。雪道や踏切など困難な状況の中、慎重にケーキを運びました。家族のクリスマスの準備で忙しい中、配達をこなすのは大変でしたが、夜には家族6人で手作りのディナーを楽しむことができました。

ネットワークビジネスへの再挑戦

スポーツジムで出会った人々の豊かな生活を見て、私も豊かな暮らしがしたいと思うようになりました。そこで、以前挫折したネットワークビジネスを思い出し、再挑戦することにしました。

家のローンの返済が月に約7万円だったので、ネットワークビジネスのマーケティングプランで15％を達成すれば、パートを辞められると考えました。3ヶ月で目標を達成し、コンビニのオーナーに退職の意思を伝えました。

オーナーは最初は反対しましたが、私の決意は固く、無事に退職することができました。添加物の多いコンビニ食品に不安を感じていた私にとって、この決断は自然なものでした。新たな挑戦に向けて、希望に満ちた気持ちで次の段階へと進んでいきました。

胃潰瘍はたこ焼き屋のはじまり

ネットワークビジネスで初めて一番目のタイトルを達成した頃、私たち家族に大きな試練が訪れました。夫が胃潰瘍を患い、薬での治療が順調に進んでいたのですが、突然の出血で救急搬送され、緊急手術を受けることになったのです。

手術では胃のほとんどを切除し、食道と直接つなぐ処置が行われました。しかし、術後の副作用は想像以上に厳しく、夫はほとんどの食べ物を受け付けられない日々が続きました。お腹がすっかりへこみ、げっそり痩せてしまいました。

体調不良から大量の休暇を取っていた夫に、勤務先から職場復帰の要請がありました。しかし私は、夫の健康を第一に考え、「即辞めて！」と強く主張しました。

休養の後、夫は驚くべきことに「たこ焼き屋を始めたい」と言い出しました。もう誰かに使われるのは嫌だ、一人で働きたいという思いがあったようです。私は家計を考えると不安でしたが、夫の「死ぬ前にたこ焼き屋をやりたかった」と言われるのは避けたかったので、その願いを叶えることにしました。

準備のため、札幌の美味しいたこ焼き屋を訪ね、たこの仕入れ先も確保しました。学資保険を解約してできた資金で車を購入し、「大阪陣屋」という店名で営業を開始しました。最初に焼いたたこ焼きは不味く、落胆しましたが、素人がすぐにうまくなれるはずがないと自分に言い聞かせました。様々な店を食べ歩き、研究を重ねて徐々に味を改善していきました。

営業は主にスーパーマーケットの前で行いました。初めは私の友人の方々も応援してくれましたが、一般のお客様は買い物帰りに寄ってくれることが少なく苦戦しました。農業祭や盲学校の運動会などのイベントにも出店しましたが、たこ焼きの調理と提供には手間がかかり、家族総出で手伝う必要がありました。

たこ焼きの価格設定や経費の問題、そして冬の寒さが夫の体に堪えたことなどから、やむを得ず閉店することになりました。

その後、夫は当麻の置き薬の会社に就職しましたが、2年半で退職することになりました。社会適応に難がある夫の性格が影響したようです。

夜に咲くコンパニオン

人生には予期せぬ転機が訪れるものです。私の場合、それは夜のコンパニオンの仕事でした。夫がたこ焼き店を始めたものの、うまくいかず家計が火の車になってしまったのです。そんな折、友人の紹介でコンパニオンの面接に行くことになりました。

面接場所はボンゴ車でした。私は緊張と不安を抱えながらエリに毛皮のついたジーンズのジャンスカを着て、少しでも若く見えるように努力をしました。社長さんとの面接は意外にもあっけなく終わり、即合格の通知をいただきました。当時51歳だった私に、社長は「40代でいこう」と言ってくださいました。これは、年齢を気にせず仕事に取り組めるという配慮だったのでしょう。

仕事が始まると、奥様から「この日何時に○○へ行くのでどうかな」と呼び出しの電話が入るようになりました。自宅に16時頃迎えが来て、小さなバスに乗って層雲峡や白金などのホテルの宴会に参加し、お酌をするのです。お客様は自衛隊の方々が多く、時には家族連れの方もいらっしゃいました。

2次会に誘われると、それは追加収入のチャンスでした。2次会に誘われなければ、バスの中で皆さんのお帰りを待たなければならず、体力的にも精神的にも厳しい仕事でした。それでも、少しでもお金を稼がないといけなかったので、一生懸命頑張りました。お客様に気に入られるよう、腰を振ったりクネクネしたりしてお酌し、お世辞を言って調子に乗せました。3人の息子がいる私には、男性の心理がよく分かります。男性客も同じだと思いました。

時には、帰りにオーナーがつけ麺をご馳走してくれたりと、嬉しい瞬間もありました。しかし、早朝のメール便の仕分けの仕事やネットワークのビジネスもこなさなければならず、とにかく忙しい日々でした。バスの中では、ネットワークビジネスのスケジュールを確認するか、疲れて寝てしまうかのどちらかでした。

朝も早く起きなければならず、バスから降りて自宅に向かう短い距離でさえ、ふらつくことがありました。夫が何処で見ていたのか分かりませんが、私の姿を見て「絶対に悪いことはできない」と思ったそうですが……。当時は必死でした。

リンパドレナージュとの出会い

ビジネスを続けていく中で、様々な考え方が必要になることを学びました。1ヶ月働いて給料をもらう労働タイプではなく、権利的な収入を得たいという思いから、新たな挑戦を続けていました。しかし、頑張っても結果が出るまでには時間がかかります。そんな中で、自分を信じる力と前向きな考え方がとても大切だと実感しました。

そして将来のための投資の時期だと考え、様々なセミナーに参加していました。その中で、リンパドレナージュのセミナーが特に印象に残っています。モデルさんが前に出てきて両足を出し、私のビジネスの会社が販売しているセラム（美容液の一種）を片足に塗り、リンパマッサージを実演しました。もう片方の足には普通のボディーミルクを塗ったのですが、驚いたことにセラムを塗った足が半分くらいに細くなったのです。

この驚きの効果に魅了され、ミーティング後、先生の隣に座って全身のマッサージ方法を教えていただきました。先生は「簡単にならら良いですよ」と、基本的な技術を丁寧に教えてくださいました。

早速、自宅でお風呂上がりにセラムを塗ってマッサージを始めました。毎日続けていくうちに、驚くほどボディーラインが整ってきたのです。この経験から、継続の力と適切な方法を組み合わせることの重要性を学びました。

しかし、新しいことに挑戦する一方で、夜のお仕事も続けていました。生来の頑張りを見せてオーナーにも気に入られ、しょっちゅうお呼び出しをいただくようになりました。ところが、今度はそれが気に入らない人からいじめに遭うようになりました。わざと嫌がらせをされるのです。大人になってもこのようないじめがあることに疲れ果てましたが、子どもの頃にも似たような経験をしていたので、最終的には仕事を辞める決意をしました。

やっぱり人に使われて好きでもない人と働く事に私は向いていない事を実感し、さらにネットワークビジネスでとの思いが強くなりました。

資格取得とサロン開店

リンパドレナージュの驚くべき効果に魅了された私は、この技術をより深く学ぶ決意をしました。まず旭川で探しましたが、適当なサロンが見つからず、視野を広げて札幌での探索を始めました。そんな中、よいサロンを見つけ、すぐに問い合わせをしました。リンパの詳しい流れを知りたいと伝えると、「それには資格取得が必要です」という返事。この言葉に、私の探求心はさらに刺激されました。

即座に資格取得の希望を伝えると、16万8000円という金額を提示されました。突然の高額な出費に戸惑いましたが、この投資が将来の自分を変える可能性を秘めていると確信し、躊躇することなく前に進む決意をしました。経済的な負担を和らげるため、16回の分割払いでのコース受講をお願いしました。

契約前の面談で、講師の方々の熱意と専門知識に触れ、この選択が正しかったという確信を深めました。資格取得の過程は決して楽ではありませんでした。仕事や家事の合間を縫っての勉強、実技練習の繰り返しは、時に疲労困憊を感じさせるものでした。しかし、新しい知識を吸収し、技術を習得していく喜びが、それらの苦労を上回りました。

夜遅くまで解剖学の本と格闘したり、家族や友人をモデルに何度も練習を重ねたりする日々。時には挫折しそうになることもありましたが、「この技術で誰かを助けたい」という初心の気持ちを思い出し、前に進み続けました。

資格取得の道のりは、単に技術を学ぶだけでなく、自分自身と向き合う機会にもなりました。人体の仕組みを深く理解することで、自分の健康管理にも新たな視点が生まれました。また、クラスメートとの交流を通じて、同じ志を持つ仲間との絆も深まりました。

最終的に資格を取得した時の喜びは、言葉では表現しきれないものでした。それは単なる証書の獲得以上の、自己成長と可能性の証でした。この経験は、新しいことに挑戦する勇気と、継続することの大切さを私に教えてくれました。リンパドレナージュの資格取得は、私の人生における重要なターニングポイントとなり、後の人生に大きな影響を与えることになったのです。

資格を取得した後、次なる挑戦はサロンの開設でした。場所の選定に悩んだ末、思い切って自宅の長男の部屋が空いていたので改装することにしました。この決断は、家族の理解と協力なしには実現不可能でした。長男の快諾を得られたことに、深い感謝の念を抱きながら、改装作業に取り掛かりました。

サロン名を決める過程も、私にとって重要な意味を持ちました。様々な案を考えては悩み、友人や家族の意見も聞きながら、最終的に「LOVELY」という名前に決定しました。この名前には、お客様一人一人を大切に思う気持ちと、癒しの空間を提供したいという願いが込められています。

サービス内容を決める際には、他のサロンとの差別化を図ることに注力しました。2時間のオールハンドマッサージを基本とし、オーガニックの精油を使用することにしました。さらに、ウェルカムドリンクにオーガニックジュース、アフタードリンクにオーガニックハーブティーを提供することで、お客様の体験価値を高めることを目指しました。

サロン運営の初期は、想像以上に大変でした。ベッドのお布団を毎回取り替えるため、洗濯と乾燥に多くの時間と労力を費やしました。また、予約管理や在庫管理など、経営面での学びも多くありました。特に、ホットペッパーへの掲載費用が月5万円ほどかかり、はじめは大きな負担に感じました。

しかし、この広告がもたらす効果は絶大で、新規のお客様が増え続けました。口コミでの評判も広がり、徐々に常連のお客様が増えていきました。お客様一人一人のニーズに合わせたカスタマイズされたサービスを心がけたことが、リピート率の向上につながったと感じています。閉店時間を夜23時に延長したことで、さらに多くのお客様にサービスを提供できるようになりました。

サロンの成功は、私の性格も反映していると思います。何事にも全力で取り組む性格が、サロン運営にも表れ、結果として大繁盛のサロンとなりました。しかし、成功の裏には多くの苦労もありました。時間管理の難しさ、体力的な限界との闘い、家庭生活とのバランスの取り方など、様々な課題に直面しました。

それでも、お客様の笑顔や「ありがとう」の言葉に支えられ、日々の努力を続けることができました。サロン「LOVELY」の成長は、私自身の成長の過程でもありました。お客様との対話を通じて学んだこと、経営を通じて得た知識、そして何より、人々の健康と幸せに貢献できる喜びが、私の人生をより豊かなものにしてくれました。

この経験は、夢を持ち続けること、そしてその実現のために行動することの大切さを教えてくれました。サロン「LOVELY」は、単なるビジネスの成功以上に、私の人生哲学を形にした場所となったのです。

優秀だった弟の悲劇

私の弟はおしゃれで、バイクと登山、自然を愛する人でした。ロッククライミングやスキューバダイビングなども楽しんでいました。眼科機器メーカーで働き、旭川医大の眼科も担当するなど、充実した日々を送っていました。

ある日、みんなで父のお墓参りに行った時、弟の顔色が悪く、元気がないように見えました。しかし、単なる疲れだと思い、見過ごしてしまったことを後悔することになりました。

弟が42歳の海の日、悲劇が起こりました。仕事上のトラブルに巻き込まれ、心を痛めていた弟。当日、札幌での会議をキャンセルし、突然帰宅しました。家族は弟の様子を心配していましたが、その日は上川神社のお祭りで、子ども達と行く約束をしていた義妹は弟を誘いましたが、弟は家に残ると言ったそうです。しばらくして、会社の方が弟の安否を心配して連絡してきました。パニックに陥った弟は、家庭用カミソリで自ら命を絶ってしまいました。

お祭りから帰ってきた家族が目にしたのは、冷たくなった弟の姿でした。深夜、母から電話を受け、急いで駆けつけました。警察での検査を終えた弟の遺体を家に運び、義妹は弟の愛用のTシャツを抱きしめて泣いていました。家族一同、葬儀までは気丈に振る舞いましたが、心の中は悲しみでいっぱいでした。多くの方が弔問に来てくださり、弟の人望の厚さを知りました。

弟の突然の死は、私たち家族全体に暗い影を落としました。それまで平穏だった日常が一変し、それぞれが異なる形で苦悩を抱えることになりました。

母は激しいショックから鬱病を発症し、「困った、困った」と家の中を歩き回るようになりました。かつての明るさは影を潜め、日々の生活さえも困難になっていきました。

中学生だった甥は、この出来事をきっかけに不登校となり、その後の人生にも大きな影響が残りました。40歳を過ぎた今もなお、コンビニでの深夜バイトを続けており、社会との関わりを避けているようです。この一連の出来事は、一つの悲劇が家族全体にいかに大きな影響を与えうるかを痛感させられる経験となりました。それぞれのメンバーが異なる形で影響を受け、人生の軌道が大きく変わってしまったのです。この経験を通じて、家族の絆の重要性と同時に、その脆さも強く認識させられました。

弟の突然の死は、私たち家族全員に大きな衝撃を与えましたが、特に双子の姉である私の妹には深い悲しみをもたらしました。生まれてから常に一緒だった２人。七五三や小学校の入学・卒業など、人生の重要な節目を共に過ごしてきました。妹の口癖は「弟より絶対幸せになる」でした。私自身もショックを受けましたが、妹の悲しみはより深刻でした。同じ双子として生まれ、互いの存在が当たり前だった日々が突然終わってしまったのです。

自殺は残された家族や友人にとって本当に辛い経験です。この悲しい出来事を通じて、家族の絆の大切さと、心の健康の重要性を痛感しました。

家族のために仕事で結果を出す

我が家に話を戻します。社会生活に馴染めない夫が、今度は代行運転の仕事を始めると言い出しました。人とのコミュニケーションや競争が少ない仕事なので、私は賛成しました。昼夜逆転の生活になりますが、夫は睡眠時間が短くても、眠りが深いので問題なさそうでした。

この頃、私は家族を支えるためにネットワークビジネスの仕事により一層力を入れていました。そして念願の最初のタイトルを達成したのです。全国各地からお祝いの花が届き、周りのグループの方々からもたくさんのプレゼントをいただきました。当時住んでいたカントリーハウスの玄関の収納スペースに収まりきらないほどでした。

私は、このビジネスをやっていこうと決めた時に、メンタル面が弱かったので、「メンタル」というセミナーに参加して、潜在意識を味方にする事を教えていただきました。何度か参加して講演者の方と親しくなり、タイトルを達成したときに東京の自宅に大好きな赤ワインを飲みにいらっしゃい、と招いてくださいました。とても素敵なお宅で、いつもボサノバが流れる素晴らしい空間で、彼のグループの方々と乾杯した思い出は今も鮮明に覚えています。今もメンターとして親しくさせていただいています。私は昔から気が合う人とは系列関係なく親しくなる性格で、多くの人に可愛がっていただいています。

さらに嬉しいことに、私のグループから初のタイトルの達成者が出ました。彼女は夫を亡くした経験があり、お祝いの花は当時を思い出すからと、シュークリーム100個でお祝いして欲しいと希望されました。カントリーハウスの2階の私の部屋でお祝いしましたが、あれほど多くのシュークリームを見たことはありませんでした。

第4章

家族や友人たちとの関係

義父と義母のこと

カントリーハウスのお庭も改装して大好きなお花を植えて、幸せを感じながら日々を過ごしていましたが、ある日、義母が義父を怖がって助けを求めてきました。もちろん受け入れましたが、家事も外の仕事も苦手な義母との同居は、忙しい私にとって少しストレスでした。約1ヶ月後、義母は自宅が恋しくなったようで、送り届けてと言ってきました。

その後、義父の行動に義母が不審を抱き、興信所に調査を依頼しました。その調査で、義父が毎晩カラオケスナックに通っていることが判明しました。義父は歌が好きで、お金をふんだんに使いながら楽しんでいたようです。

しばらくして、義父の体調に異変が現れ始めました。顔の右側が少し上がっているのに気づきましたが、本人は病院には行きたがりませんでした。ある日、納屋で意識不明の状態で発見され、救急搬送されました。5日間意識が戻らないまま、義父は亡くなりました。義父の浪費癖や短気な性格のせいか、周囲の反応は意外にも冷ややかでした。葬儀も無事に終わり、義母はほっとした様子でした。

義父の人生は波乱に満ちていました。農地売却で2億円を手にした後、性格が一変し、飲酒運転や近隣とのトラブルが絶えませんでした。私達夫婦がこれまでに様々な心配をかけてきたせいもあるのではと思います。

義父の死後、義母は除雪作業などの生活面で困難に直面しましたが、徐々に新しい生活に適応していきました。毎日犬の散歩をし、近くのスーパーで買い物をするなど、自立した生活を送るようになりました。趣味の書道や陶芸にも打ち込み、多くの作品を残しています。義母の姿を見て、改めて女性の強さを感じました。

そんな義母も、施設に入所することになりました。

それをきっかけに、私達家族は大好きなカントリーハウスから義母の住んでいた家に引っ越すことになりました。当時義母宅には猫が3匹いて、広い庭がある大きな家で、借り手がいませんでした（カントリーハウスの方は、すぐに借りてくださる方が現れました）。東日本大震災の日と引っ越しの日が重なり、混乱の中での転居となりました。

義父が亡くなった時、大きな金庫には5000円札が一枚だけ寂しく残っていました。私たち夫婦は相続税を払えず、借金でマンションを2棟建てることにしました。ローンで建てたカントリーハウスの借金も残っていましたが、なんとか貸してくれる金融機関が見つかりました。今では全室入居し、ローンも後7年で返済できる見込みです。この決断ができたことに感謝しています。

これらの経験を通じて、家族の絆の大切さと人生の予測は不可能なことを強く感じました。

空手に挑んだ子どもたち

次男と三男が小学生の頃、私は二人に極真空手を習わせることにしました。なぜ、熊をも倒すといわれる大山倍達《ますたつ》の教えが必要だったのでしょうか。それは単純に、男の子たちには家族の身に何かあった時に守れる強い男になってほしいという願いからでした。また、当時私はアクションスターのケイン・コスギの大ファンで、子どもたちに空手を習わせることで、他のお母様たちと一緒にファンとしての喜びを共有できるという魅力もありました。指導者の方も「子どもたちに習わせているお母様たちはみんなファンですよ」と言っていて、それも後押しとなりました。しかし、実際のところ、私の子どもたちには闘争心のかけらもありませんでした。サッカーのコスモスチームに所属していた彼らは、みんなお人好しで、試合で負けても泣くこともありませんでした。友達とも和気藹々《わきあいあい》と楽しそうに過ごす息子たちを見て、親としては少し物足りなさを感じ、男として情けないような印象さえ抱いていました。

空手の練習を通じて、子どもたちだけでなく、私たち親も指導者の方々と親しくなり、よくボーリング大会を開催したりしました。私は普段、ボールをまっすぐ投げているつもりでも、少しずつ右に寄ってしまい、時にはガターに落ちることもありました。良くても5本程度で、ストライクはかなり難しいものでした。

ところが、ある日の大会で、不思議なことに私のボールが右に曲がることなく、次々とストライクやターキーを取ることができました。結果、なんと表彰式で指導者の方々を抜いて1位になったのです。この奇跡的な出来事は、その後二度と起こりませんでしたが、とても楽しい思い出となりました。こうした交流を通じて、空手仲間とは飲みに行ったり、食事に行ったりと、練習以外でも親睦を深めていきました。子どもたちと一緒に食べ放題のレストランに行くのも楽しみの一つでした。

練習中は和やかな雰囲気でしたが、大会となると様相が一変します。大人の部では、肋骨が折れたり歯が欠けたりするほどの激しい戦いが繰り広げられます。足蹴りやパンチをまともに受けるだけでなく、板や瓦を素手で割るような演武も行われます。なぜそこまでするのかと尋ねると、「強くなりたい」という一言が返ってきました。子どもの部も例外ではありません。どの子の試合を観ても涙が溢れるほどの熱戦が繰り広げられます。多くの場合、引き分けとなりますが、子どもたちは恐怖と勝ちたい気持ちの間で揺れながら、泣きながらも必死に頑張っています。

いよいよ我が子たちの番が来ました。次男と三男の違いは面白いものでした。次男は最初から対戦相手を怖いと思い、指導者に相談することもありませんでした。一方、当時体格が小さかった三男は、大きな対戦相手にどうやったら勝てるかを真剣に指導者に相談していました。指導者からは「まずは逃げて、相手を疲れさせる」というアドバイスを受け、三男は真剣に聞き入っていました。試合では、茶帯の次男が終始逃げ切りましたが、結果は負けでした。しかし、不思議と嬉しそうな表情を浮かべていました。

緑帯の三男は、指導者のアドバイス通り終始逃げ切り、相手が疲れたところを狙って足蹴りを決め、見事に1回戦を突破しました。しかし、2回戦では相手も強く、顔面にパンチを受けて敗退してしまいました。

このように、初めての試合は子どもたちにとって大きな経験となりました。勝敗以上に、自分の限界に挑戦し、恐怖を乗り越える経験ができたことが、彼らの成長につながったのではないかと思います。

私も週3回の送り迎えで忙しい毎日を送っていました。我が家から体育館までの距離は車で片道20分程度でしたが、１時間の練習時間中は隣のショッピングセンターで食材を買い込んだり、ネットワークビジネスの仕事をしたりしていました。

仕事では、最初のタイトルを達成してからはさらに高いレベルのタイトルを目標にしていて、グループも遠方に伸びていきました。北見までは旭川から高速を使っても片道4時間、往復で8時間30分ほどかかりました。週3回の札幌でのミーティング、月1回の東京本社でのミーティングなど、多忙を極める日々でした。疲れている時は駐車場に停めた車の中で仮眠を取ることもありました。元々闘争心のない子どもたちでしたので、中学生になると同時に空手をやめることにしました。帯の色は変わらずでしたが、新たな挑戦の時期が来たのです。

中学生になった次男の自立心

2008年になり、次男が旭川市立中学校に入学しました。

中学校の入学式では、キラキラとした学生服を着た次男の姿に、思わず「ウフフ」と笑みがこぼれました。もちろん、サッカー部に入部しました。コスモスチームの写真を見ると、皆穏やかな笑顔で益々可愛らしく感じました。

中学生になると、親の付き添いなしで大会や試合に参加するようになり、車での送り迎えも必要なくなりました。次男は自転車で自分から試合会場に向かい、お茶の準備も自分でするようになりました。お弁当も自分でおにぎりだけを持って行くなど、自立心が芽生えてきました。この変化は私にとっても助かることでした。子どもたちの成長に伴い、私自身も庭の手入れなどに多くの時間を割けるようになり、仕事も順調に伸びていきました。子どもたちの成長を見守りながら、私自身も新たな挑戦を続けていく日々。それは忙しくも充実した、かけがえのない時間でした。

次男と三男の進学と就職

子どもたちの進学と就職の時期も、家族にとって大きな転機となりました。三男は成績が良かったので、北海道でも高いレベルの高専を第一希望にしました。残念ながら不合格でしたが、その後工業高校に進学し、放送部で活躍しました。得意のパソコンスキルを活かして映画制作や取材活動を行い、充実した高校生活を送りました。

次男はスーパーの鮮魚部門で働き始めましたが、厳しいノルマや労働環境に苦労しました。特にうなぎの販売ノルマは厳しく、家族総出で協力しても追いつかないほどでした。ブラック企業のような労働環境に悩み、最終的に転職を決意し、コープで働くことになりました。

三男は成績優秀だったため、希望のメーカーに決まりました。横浜の寮に送り出す時は寂しさで胸がいっぱいでしたが、人気のテーマパークに一緒に行くなど、最後の思い出を作りました。別れの際、三男が泣いているように感じたのは、親子の絆の証だったのかもしれません。

ネットワークビジネスの成功

ネットワークビジネスは順調に進み、私は幾つかの重要な節目を迎えました。初タイトルを達成した時にはグアムへ、次のタイトルを達成した際にはハワイ旅行に行くことができて、旅行は印象深いものでした。３人の息子全員に声をかけましたが、仕事の都合がつき、一緒に行けたのは三男だけでした。新婚旅行以来のハワイは、サービス精神旺盛で暖かい南の島が大好きな私にとって、まさに夢のような体験でした。

長時間のフライトも、機内で映画を楽しんだり、ビールを飲んだりしながら快適に過ごすことができました。飲み放題のサービスも嬉しい特典でした。

ホテルに到着すると、ウェルカムドリンクとして美味しいシャンパンが振る舞われ、さらにフルーツの食べ放題もあり、果物好きの私にとっては天国のようでした。

通常、このネットワークビジネスは夫婦で取り組み、招待旅行も夫婦で参加する事が多いのですが、我が家の場合は少し事情が異なりました。夫もチャレンジしましたが、私がいろいろと説明するのを好まず、取り組みもうまくいかなくて簡単にあきらめてしまいました。ですから、夫はこのビジネスには参加せず、家で留守番をすることになりました。そのため、代わりに息子たちを旅行に誘うことにしました。

さらに上のタイトルを目指すきっかけとなったのは、母を連れて行きたいと思った船旅でした。札幌のリーダーの達成ラリーに参加して大きな感動を覚え、その方の月初のミーティングに一年間連続で毎回参加することを自分に課しました。私の人生の判断基準は常に「血が騒ぐかどうか」です。このときも、全身の血が騒ぐのを感じ、これが正しい道だと確信しました。

次の達成に向けて、私は必死に努力を重ねました。毎月、旭川から札幌へバスで通い、夜7時からのミーティングに参加しました。自由参加の集会では、自分の目標と決意を皆の前で語りました。最初は普通の主婦の戯言《たわごと》として受け止められていたかもしれませんが、毎月欠かさず通い続ける姿を見て、周囲の人々も少しずつ興味を持ってくれるようになりました。

無我夢中で取り組む中、私は様々な工夫をしました。右足から全ての動作をスタートしたり、ゾロ目の数字を意識的に探したりしました。自分に暗示をかけたり、アファメーションを行ったりしながら、タイトル達成時の家族の笑顔を思い描きました。

この期間は身体的にも精神的にもきつい日々でした。お風呂で寝てしまい、顔までお湯に浸かることもありました。キッチンでは大量の洗い物と格闘し、疲れて床に横になると寝てしまうこともありました。子どもたちは「母さんは横になるといつも寝ていた」と言います。そんな時、三男が代わりに食器を洗ってくれたりと、家族の支えがありました。だからこそ、三男と一緒にハワイ旅行に行けたことは特別な意味がありました。

長い努力の末、ついに念願を達成した時には、妹がサプライズでお祝いにかけつけてくれ、東京のメンターも祝福してくださいました。素敵な空間で美味しい料理とワインを楽しみ、達成の喜びを分かち合いました。

翌日はメンターと仲間のライブに参加し、重低音のボサノバを聴きながらビールを飲み、仲間との写真撮影を楽しみました。これらの経験を通じて、努力の成果と周りの人々の支えの大切さを実感しました。

念願の招待旅行でラスベガスを訪れた時は、空港からカジノの世界が広がる光景に驚きと興奮を覚えました。これらの経験は、私の人生において大きな転機となり、新たな目標に向かう原動力となりました。

バンクーバーと着物の思い出

バンクーバーへの招待旅行は、私にとって特別な経験となりました。三男に報告すると、ウィスラーでのスノーボードを楽しみにしていましたが、残念ながら同僚のインフルエンザ感染により、参加を見送ることになりました。方向音痴の私にとって、息子の同行は安心感をもたらすものでしたが、今回は叶いませんでした。今でも息子は「ウィスラーでスノーボードをやりたかった」とこぼすことがあります。それでも、他系列の方々と共に飛行機に乗り、快適な空の旅を楽しむことができました。飛行機好きの私にとって、これは格別な喜びでした。そして参加者たちとの喜びの抱擁など、3泊4日の旅は素晴らしい思い出となりました。

特に印象に残っているのは、ビクトリアでのアフタヌーンティーと街並み散策です。一緒に歩いた方は、最近旦那様を亡くされた方で、以前一緒に参加した時とは様子が違っていました。彼女は「夫にもう少し優しくしてあげれば良かった」と後悔の念を語ってくれました。私との時間を通じて悲しい思い出を忘れられると喜んでくださり、私も彼女の心の支えになれたことを嬉しく思いました。「バック・トゥ・ザ・フューチャー」の世界の車を見たり、素敵な街並みを楽しく見学したりと、充実した時間を過ごしました。帰りの船では一緒にお土産のお買い物をし、思い出に花を添えました。

バンクーバーでのパーティーでは、朱赤の孔雀模様の着物を着て臨みました。

私の着物への情熱は、幼少期からのものです。子どもの頃、年に一度の大好きなお祭りが近づくと、嬉しさのあまり自家中毒になってしまうほどでした。熱を出してペニシリンを打たれる私を見かねて、父がバイクの後ろに乗せて出店を2周するか、着物を着て静かに過ごすかの選択肢を提案してくれたことを覚えています。もちろん、私は着物を選びました。この情熱は大人になっても続き、旭川着物部に入会しました。月に一度のおしゃれを楽しみ、皆さんと着物を着てご飯やお酒を楽しみました。さらに、マラソン大会の旗振りなど様々な活動に参加し、着物を着る機会を増やしました。安い着物の情報交換や、YouTubeを参考にした髪型のアレンジなど、お金をかけずに楽しむ工夫も学びました。

朱赤の孔雀模様の着物は、20歳の時に貯金を叩《はた》いて作った私の宝物です。この着物は還暦の時にも着用し、仲間がステキなお店を貸し切りお祝いしてくれました。何日も前から皆で集まって私に内緒で企画してくれていました。もちろん、この着物を着て行きました。このビジネスを始めた時には、皆が還暦をお祝いしてくれるとは夢にも思いませんでしたが、最高にうれしかったです。バンクーバーでのパーティーで着用した際、ボーイの方から「ビューティフル」「ジャパニーズガール」と声をかけられ、同じビジネスの他系列の方からも「美しい」と称賛され、文化の共有の喜びを味わいました。

第5章

病気を克服して生きる

人間関係のストレスに直面

私の手がけるビジネスは、まさに人と人とのつながりを基盤としています。グループ制を採用することで、メンバーそれぞれが大切な人や親しい方々、家族に製品の魅力を伝えていく仕組みです。ビジネスという意識がなくとも、自然と情報が広がっていく、そんな有機的な成長を遂げていきました。

製品の良さは、使用した人々の口コミを通じて広がっていきます。親から子へ、友人から友人へと、まるで小さな波紋が大きな波となっていくように。この過程で、様々な背景を持つ人々が私のグループに加わってきました。

過去に何度も転校を経験した私にとって、多様な人々と接することは慣れたものでした。しかし、ビジネスの場において、それは新たな挑戦となりました。性格の不一致や価値観の違いは、時として避けられないものです。特に印象に残っているのは、自己主張が強く、他者の意見に耳を傾けることが苦手なメンバーとの出来事です。この方は、常に注目の中心でいたがり、ビジネスへの意欲は感じられるものの、実際の作業や顧客ケアは私に任せきりでした。

この状況は、私に多大なストレスをもたらしました。夜中に悪夢を見て、冷や汗をかいて目覚めることもありました。夢の中で、その方に訴えられる場面が繰り返され、現実と夢の境界が曖昧になることもありました。指導者からは、どんな状況でもグループ内でのケンカは避けるよう強く言われていました。この言葉を胸に刻み、自制を保とうと努めましたが、ついに限界に達してしまいました。

ある日、電話でのやり取りの中で、彼女が私の態度に不満を表明しました。それまで溜まっていた不満が一気に噴出し、お互いの本音をぶつけ合う結果となりました。この出来事は、グループ全体にも波紋を広げました。製品の使用頻度が徐々に減少していきました。ビジネスを単なる趣味や遊びと捉えているのではないかと、彼女の姿勢に疑問を感じることもありました。

しかし、彼女はイベントには積極的に参加し、ハロウィンやクリスマス会、カラオケなどを楽しんでいました。ビジネスと人間関係のバランスを取ることの難しさを、身をもって経験しました。

この困難を乗り越えながらも、他のメンバーとのビジネスは順調に進展していきました。地方にもグループが拡大し、私の活動範囲も広がっていきました。忙しさの中でも、私は自分の趣味や楽しみを大切にしました。子どもの頃から山を見て育った私は、大雪山に憧れていました。そこで山の会に入り、大雪山を縦走するなど、自然の中でリフレッシュする時間を作ることで、心身のバランスを保っていました。ビジネスに没頭しつつも、個人の生活を充実させることの重要性を実感していました。

苦難の予感

しかし、平穏な日々は突如として崩れ去りました。私が家を留守にしがちだったこともあり、夫が又、多額の借金をつくっていました。

即座に対応しなければ、延滞金がさらに加算される状況でした。私は左鼠蹊部に鈍い痛みを感じながらも、なんとか支払いを済ませました。ようやく一段落したところで、体調の変化が気になり病院で受診しました。当初、医師は脱腸を疑いましたが、さらなる検査の必要性を感じたようです。

血液検査、細胞検査を経て、最終的に「原発不明がん」という診断を受けました。聞いたことのない病名に戸惑い、不安が押し寄せてきました。原発巣のないがんという概念は、私にとって全く新しいものでした。さらなる検査としてＰＥＴ検査の予約が入れられ、新たな病院での診断を待つことになりました。この時の心境は、不安と希望が入り混じった複雑なものでした。

がんとの闘いと新たな出会い

人生は時に予期せぬ方向に進むものです。私の場合、それは突然の鼠蹊部の痛みから始まりました。当初は「原発不明がん」と診断され、さらなる精密検査を受けた結果、ステージ4Bで、両方の鼠径部と肝臓の近くのリンパに転移しているということでした。ステージ4Bでも原発（最初に発生した場所）が分かりませんでしたが、担当医師の長年の勘で、卵巣がんではと腹腔鏡手術を受けたところ、卵巣がんの病巣があり、全て切除することができました。この診断は、私の人生を一変させるものでした。しかし、後になって考えると、この痛みは私の命を救った警告だったのかもしれません。卵巣がんは痛みがないケースが多く、気づいた時には手遅れになっていることも多いからです。

がんという診断を受け、最初は大きな衝撃と恐怖を感じました。しかし、同時に「なぜ自分が」という思いから「これも何かの意味があるのかもしれない」という考えに変わっていきました。医師からは様々な治療法の提案がありましたが、日本では主に抗がん剤治療が推奨されていました。一方で、自然療法など代替医療の可能性も探り始めました。

治療法の選択に悩む中、医師から余命宣告を受けました。がんが発覚したのが2021年3月で、「2022年のお正月は越せないかも……」という言葉に、妹と共に治療の同意書にサインをしました。この瞬間、私の中で何かが変わりました。残された時間を最大限に生きようという決意が芽生えたのです。

診断を受けた後、私は必死に情報を集め始めました。そんな中、インターネットで「原発不明がん」について検索していたところ、札幌在住のひでねぇという方と出会いました。ひでねぇも原発不明がんで余命4ヶ月と宣告されていましたが、その宣告を乗り越え、前向きに生きる姿勢に大きな勇気をもらいました。

ひでねぇとの出会いは、私の闘病生活に光をもたらしました。彼女は笑いヨガのインストラクターとして活動し、また「ジブリッシュ」という即興言語にも没頭していました。その姿勢に共感し、私も笑いヨガやジブリッシュを学び始めました。笑うことで免疫力が上がるという研究結果もあり、辛い治療の中でも笑顔を絶やさないよう心がけました。

ひでねぇの紹介で、がんサバイバーとして精力的に活動する杉浦貴之さん（タカさん）とも知り合う機会がありました。タカさんはホノルルマラソンを企画したり、「メッセンジャー」という雑誌を発行したりと、多くのがん患者に希望を与える活動をされていました。彼の雑誌を読むことで、多くのがんサバイバーの体験談に触れ、自分一人ではないという心強さを感じることができました。

これらの出会いは、私の闘病生活に大きな影響を与えました。同じ境遇の人々とのつながりは、孤独感を和らげ、前を向く勇気を与えてくれました。また、彼らの生き方から学んだことは、単に病気と闘うだけでなく、自分らしく生きることの大切さでした。

がんとの闘いは、私に新たな視点と人生の意味を教えてくれました。病気になったことで失ったものもありますが、得たものも多くありました。新しい友人との出会い、人生の優先順位の再確認、そして何より、一日一日を大切に生きることの重要性を学びました。

この経験は、私の人生における大きな転換点となりました。がんという試練を通じて、私は自分自身と向き合い、真の強さと生きる意味を見出すことができたのです。

がんと向き合う姿勢

がんと診断されてから、私の人生観は大きく変わりました。最初は恐怖と不安に圧倒されましたが、徐々に「どう生きるか」という問いに向き合うようになりました。この過程で、前向きな生き方の重要性を強く感じました。

ひでねぇとの出会いは、この姿勢を形成する上で私に大きな影響を与えました。彼女は余命宣告を受けながらも、笑いヨガのインストラクターとして活動し、ジブリッシュ（即興言語）に没頭する姿勢に、私は深く感銘を受けました。「笑う」という単純な行為が、実は免疫力を高め、心身の健康に大きな影響を与えるという事実を知り、辛い治療中でも笑顔を絶やさないよう心がけました。

また、自分の治療法は自分で決めるという姿勢も、ひでねぇから学びました。医師の意見は尊重しつつも、最終的には自分の体の声に耳を傾け、自分に合った治療法を選択することの大切さを理解しました。時には医師の提案と異なる選択をすることもありましたが、それは自分の人生に対する責任を全うする一つの形だと考えています。

抗がん剤治療による様々な副作用との闘いも、決して楽ではありませんでした。特に、腸からの出血などの深刻な症状は、身体的にも精神的にも大きな負担となりました。しかし、これらの困難に直面しても、前向きな姿勢を保ち続けることを心がけました。辛い時こそ、小さな喜びや感謝の気持ちを見つけることに努めました。

この闘病生活の中で、仲間との絆の重要性も痛感しました。治療法で悩んでいる時、ひでねぇが忙しい中でも電話をくれたり、同じ境遇の方々とオンラインでつながったりすることで、大きな支えを得ることができました。孤独感に襲われそうな時も、この絆が私を前に進ませてくれました。

また、杉浦さんの活動から学んだことも多くありました。彼のホノルルマラソンの企画や「メッセンジャー」誌の発行は、がん患者が単に「患者」としてではなく、一人の人間として生きる可能性を示してくれました。自分の経験を他の人々のために活かすという姿勢に、深い感銘を受けました。

この経験を通じて、「生きること」の意味を改めて考えるようになりました。がんという病気は確かに辛いものですが、同時に人生を見つめ直す貴重な機会でもあります。毎日を大切に生きること、周りの人々への感謝の気持ちを忘れないこと、そして自分にできることで社会に貢献しようという思いが強くなりました。

がんの治療を乗り越えて

末期の卵巣がんと診断された私は、当初抗がん剤治療を避けたいと考えていましたが、神奈川県から帰省した三男家族の懇願に心を動かされ、治療を受ける決断をしました。治療の副作用、特に脱毛は大きな苦痛でしたが、ひでねぇのアドバイスに従い、治療前に長かった髪をおかっぱにカットし心の準備をしました。当初6回の予定だった治療は9回に延長され、各回の後には激しい疲労と痛みに悩まされました。コロナ禍での治療は更なる困難をもたらし、入院制限のため多くを通院で行わざるを得ず、家族のサポートが不可欠でした。免疫力低下による感染リスクも常に意識し、日常生活でも細心の注意を払いました。この過程で、家族の愛情と医療スタッフの献身的なケアに支えられ、一日一日を乗り越えていきました。

7回目の治療後、突然腸からの出血が始まり、コロナ禍でのベッド不足に直面しましたが、粘り強い交渉の末、入院することができました。しかし、入院中に初めてのパニック発作を経験し、その後も精神的な不安に悩まされました。さらに、睡眠障害や味覚障害にも苦しみ、シェーグレン症候群で、体中の関節が痛くて動かせなくなりました。そうすると筋肉が一気に弱くなり椅子から立つのも大変になったのです。

これらの予期せぬ合併症は、がん治療の複雑さと全人的なケアの重要性を痛感させるものでした。精神安定剤や睡眠薬の服用を決意し、心身のバランスを取り戻す努力を続けました。

味覚障害で私が料理が作れなくなると、夫が買い物に行ってくれましたが、夫は自分の好きなお酒とタバコとお酒のおつまみだけ買って食べていたため、とうとう栄養失調になってしまいました。夫はベッドから起き上がることも困難になり、長男と相談して救急車をお願いして病院へ。入院治療で体力は回復しましたが、夫は朝からでもアルコールを飲んでいたので、アルコール依存症治療のための専門病院に転院して1ヶ月間入院し、禁酒と禁煙の生活を送りました。この経験は、健康と真剣に向き合い、新たな生活習慣を築くきっかけとなりました。

闘病の過程は、身体的にも精神的にも大きな試練でしたが、家族や友人の支え、医療者の方々の献身的なケアのおかげで、一つ一つの困難を乗り越えることができました。がんとの闘いは、単に病気を治すだけでなく、自分自身と向き合い、人生の優先順位を見直す機会となりました。この経験を通じて得た学びと強さは、今後の人生の貴重な財産になると信じています。

回復への道のり

冬の試練：除雪作業との闘い

夫の入院後、待っていたのは厳しい北国の冬でした。抗がん剤の副作用で鬱、不眠、味覚障害、シェーグレン症候群による関節痛に苦しみながらも、積もった雪と向き合わざるを得ませんでした。幸いなことに、長男夫婦が仕事後に駆けつけ、夜間の除雪を手伝ってくれました。この家族の支えが、厳しい冬を乗り越える力となりました。

リハビリテーションの始まり

春の訪れと共に、私の回復への歩みも始まりました。まだ味覚が戻らず料理ができない状態でしたが、夕食は宅配サービスを利用することで対応しました。3月頃から、夫に付き添ってもらいながら近くのスーパーまで徒歩で買い物に行けるようになりました。4月には近所を散歩し始め、YouTubeを見ながらストレッチを行うなど、少しずつ体を動かす努力を重ねました。

自己との対話：心身の回復

日々の努力が実を結び、少しずつですが体の動きが良くなり、痛みも和らいできました。毎日の買い物、散歩、ストレッチを通じて、本来の自分を取り戻していく感覚がありました。人と会うことが好きで、笑ったり歌ったり踊ったりしていた自分を思い出し、3年ぶりに人々との交流を再開しました。

がんの治療は終わったのに心が回復しておらず、息子夫婦に会う時もまだ心を落ち着ける薬が必要でした。でも、お見舞いをいただいている方々にお礼もできていないと思っていた時に、ネットワークビジネスのイベントがあり、皆が集まると聞きました。車の運転もしばらくしていなかったけれど、頑張って会いに行きました。すると皆さんが喜んで、泣いてくれて、鬱で自分の存在に自信が持てなくなっていたのでそれがうれしくって、そこから心が少しずつ回復していったように思います。

がんの治療も、抗がん剤を7回目でストップしました。先生には、肝臓の近くのがんは、東京の大きな病院で手術してから抗がん剤治療をした方がよいと勧められましたが、全て断って自分で治しますと伝えて、3カ月に一度先生に様子を見せにいく選択をしました。

断捨離と優先順位の再考

人生の優先順位を見直すため、大規模な断捨離を決意しました。お姑さんの遺品や長年溜め込んでいた物を処分し、心の整理をしました。この過程で、人との関わり方や時間の使い方など、自分にとって本当に大切なものが明確になりました。

感謝の心と感動する心

一度は失いかけた命の大切さを実感し、すべてのものに対して感謝の心を持って接するようになりました。鬱がよくなると同時に味覚も戻ってきました。雑草を見ても、料理しても食べても、何に対しても感動する心が芽生えました。特に、大好きなバラを見ると幸福感に包まれます。孫とのふれあいは、すべての子どもたちへの愛情を呼び覚まします。

音楽と踊りの喜び

鬱で人と話さなかった期間が、逆に声帯を休ませる結果となり、歌声が良くなりました。車の運転中はいつも歌っており、演歌から海外の曲、90年代のポップス、映画音楽、アニメソングまで幅広いジャンルを楽しんでいます。また、タップダンス、フォークダンス、社交ダンスなど、様々な踊りも楽しんでいます。

食事と飲み物の楽しみ

味覚が戻ってきたことで、美味しい料理や飲み物を楽しむようになりました。時にはアイスクリームを食べたり、日本酒やクラフトビール、ワインなどを適度に楽しんでいます。お寿司、カレー、蕎麦など、様々な料理を味わい、旬の果物や山菜も楽しんでいます。

創作活動と自己表現

勾玉作りやアクリル絵の具での絵画制作など、創作活動も始めました。これらの活動を通じて、自己表現の喜びを再発見しています。

自分を愛する喜び

4歳の時に双子の妹弟が生まれて父と母が忙しくなって甘えることができなくなり、人に甘えることが苦手になり、自分が頑張ればと自己犠牲タイプでした。それが皆の幸せにつながると思っていたからです。

多くの方と出会い、自分を大切にすることで私の周りの方々にも心から愛情をもって接することができると学びました。バースデイの時、「色々なことを乗り越えて最高に今を楽しんでいる澄惠さん、素敵です♡そして前より大好きです♡」とメッセージをいただき、うれしく思いました。

あとがき

本書の題名『宇宙からのプレゼント』は、実はがんのことなのです。「原発不明がん」と診断されて、同じ原発不明がんをわずらい札幌に住んでいる「ひでねぇ」に会う事ができ、ひでねぇを通じてタカさんこと杉浦貴之さんに会う事ができました。タカさんは、ご自身もがんサバイバー(がん経験者)で、がん患者に希望を与える活動をしています。2024年10月12、13日と四国の高松の剣山をサバイバー23人で登ってきました。

タカさんがいつも言ってくれる言葉は「命はやわじゃない!」です。全員が登った山から下りてきた時は皆で泣きました。抗がん剤治療中の方、がんが骨に転移して、山に登る2週間前は車イスだった方を、皆で励まし合いながら登りました。

そこで出会った仲間数人でＺｏｏｍでの笑いヨガ。藤田元さん（ゲンちゃん）主催の笑いヨガは、心がホッコリ温かくなります。そして旭川では、鳥居なほ子さん（ナホちゃん）が主宰の「ゴリラくらぶ」で笑いヨガをして、童心にかえり大笑いして楽しんでいます。

素敵な最高の仲間との出会いに感謝です。最初の診断が原発不明がんだったので、ひでねぇを通じてたくさんの仲間に会えました。卵巣がんだったのに、本当にプレゼントです。

この経験は、私にとって単なる困難ではなく、成長の機会となりました。人生の予期せぬ展開に柔軟に対応する力、周囲の人々との絆の大切さ、そして自分自身を信じる勇気。これらの学びは、今後の人生において大きな財産となることでしょう。

がんと向き合う過程では、改めて自分自身の内なる強さを発見しました。

それは単に病気に立ち向かう強さだけではなく、人生のあらゆる困難に対処する力でもありました。困難な状況下でも希望を見出し、前を向いて進む姿勢は、周囲の人々にも影響を与えるようになりました。家族や友人、そして同じ境遇にある患者さんたちから、「あなたの姿勢に勇気をもらった」という言葉をいただくことが増えました。このことは、私自身にとっても大きな励みとなり、さらに前向きに生きる原動力となりました。

また、この経験を通して、自分の体と心に正直に向き合うことの大切さを学びました。無理をせず、時には休息を取ることも大切だと理解しました。同時に、できることは積極的に挑戦する姿勢も大切にしました。例えば、体調が許す範囲で軽い運動を続けたり、趣味の活動に取り組んだりすることで、日々の生活に潤いと充実感をもたらすことができました。

さらに、この経験は私の人生の優先順位を見直す機会となりました。以前は主に仕事で、自己犠牲感が強かったように思います。今では自分の幸福感を大切にして家族や友人との時間、自分の健康、そして人生を楽しむことにより重点を置くようになりました。この価値観の変化は、私の人生をより豊かで意味のあるものに変えてくれました。

がんとの闘いは終わりのない旅路かもしれません。しかし、この旅路を通じて、私は人生の真の意味と自分自身の可能性を発見することができました。今では、がんは私の人生の一部であり、それを受け入れつつ、この本の出版など新たな挑戦にも踏み出しています。

これからも、笑顔を忘れず、周りの人々への感謝の気持ちを持ち続け、一日一日を大切に生きていきたいと思います。そして、この経験を通じて得た学びや気づきを、同じような境遇にある人々や、人生に悩む人々に少しでも還元できればと願っています。

がんとの闘いは、私に「生きる」ことの本当の意味を教えてくれました。それは、困難を乗り越えること、周りの人々とつながること、そして自分を大事にして自分らしく生きることの大切さです。この学びを胸に、自分の人生を豊かに、そして意味深く生きていこうと思います。がんという宇宙からのプレゼントをしっかり受け取って、自分のハートと仲良く、蝶のようにはばたいていきます。

〈著者紹介〉

長坂澄恵（ながさか すみえ）

1957年、北海道生まれ。
40代でネットワークビジネスを始め、50代でリンパドレナージュのサロンも経営。その後末期がんを患う。寛解を目指してフォークダンス、タップダンス、社交ダンス、カラオケを楽しんでいる。勾玉インストラクターでもあり、すべての人に「潜在意識で生きてほしい」と願っている。

宇宙《うちゅう》からのプレゼント

2025年3月5日　第1刷発行

著　者　　長坂澄恵
発行人　　久保田貴幸

発行元　　株式会社 幻冬舎メディアコンサルティング
〒151-0051　東京都渋谷区千駄ヶ谷4-9-7
電話　03-5411-6440（編集）

発売元　　株式会社 幻冬舎
〒151-0051　東京都渋谷区千駄ヶ谷4-9-7
電話　03-5411-6222（営業）

印刷・製本　中央精版印刷株式会社
装　丁　　野口 萌

検印廃止

Printed in Japan
ISBN 978-4-344-69233-6 C0095
幻冬舎メディアコンサルティングＨＰ
https://www.gentosha-mc.com/